U0919036

生命之侧

欧阳炽玉

著

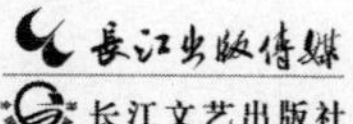

欧阳炽玉

1994年生，贵州人。毕业于北京大学中文系，文学博士。曾于《中国作家》《诗刊》《花城》《边疆文学》等杂志发表作品。现就职于鲁迅文学院，从事文学研究与文学创作工作。

面对生命的明晰与深度

——浅谈欧阳炽玉诗集《生命之侧》

陈晓明

欧阳炽玉的诗多写关于生命的感受，我很惊讶，她年纪轻轻，就有了对生命这样的体验。她总是感怀生命的脆弱，生命的转瞬即逝，生命在时间中、在空间中的存在状态，并被生命的惊恐状态所困扰。可以说，正是欧阳炽玉对生命的独特关注，成就了这部不算厚实却充满诗意的诗集。她的语调似乎很轻，诗却饱含感情。这并非普通意义上的抒情，而是一种对生命的关注，其中有怜爱，有叹息，她年纪轻轻何以有这样一种轻盈却又有力的叹息，这是让我惊异的。

我知道炽玉写诗很多年，她热爱诗歌，仿佛天生是一个诗人。炽玉给人的印象：本分厚道、谦逊温和。从她的外表完全看不出她是一个诗人，但是我知道炽玉有一种诗人的气质，她的心灵里充满了诗意，翻开她诗集第一部分中的第一首诗《洞悉即异类》："向日葵在夜幕下哀叹/失去了神明的凡者/在沉默里腐朽/在梦魇里挣扎"。这首诗写得非常明晰，我认为炽玉面对生命有一种明晰，这种明晰内蕴着她对生命极为真诚的体验。这首诗中，有鲜艳美丽的向日葵，同时也有沉默，有腐朽，有梦魇和挣扎。但田野旁出现了一只狐狸："'你们在等待什么'/田野旁的狐狸问道/‘明日的太阳’/整齐的律调/回声在旷野游荡”。我惊异于这些诗句，它们排列得这么整齐，这些诗句的跳出，这些字词的跳出，那么有灵性，不管是“向日葵”还是“狐狸”，在这里都守望着一种沉默，守望着一种挣扎，怀抱着对生命的追寻，极具活力和灵动。颇有意外之喜，炽玉接下来就写到了“狐狸旁观着悲喜剧/它也无法穿透强光”。她的诗常常令我们意想不到，“有没有谁拔掉后台的电插头/好让它看清这是否昨天的太阳”这句也别有一番趣味。“无人在意的情节/侦探是最危险的职业/狐狸眯起眼睛/像一个邪恶的反派”，这让我觉得炽玉是在书写生命经验的一种状态、一种感受。这里似乎有田野，有向日葵，有太阳，有狐狸，它们仿佛是一个音乐剧，但又仿佛是自然的一个情境。我是喜欢这首诗的，这首诗让我们感受到词语和生活的较量。对炽玉来说，她不喜欢那种激烈的对抗，但是她选择给予词语以灵动的能量和精神，它们以一个跳跃式的狐狸的形象来和生活较量并从诗中重新拥有了生命。

确实，我也很难理解炽玉年纪轻轻，就这么频繁地写到死亡。当然，死亡的经验是诗歌永恒的经验，也是诗人最爱感叹的经验。但是炽玉毕竟年轻，她在处理死亡的经验时，总能赋予死亡一种很轻的质地，我这并非贬义，也无所谓赞赏。我认为她的书写为我们提供了当下年轻人对待死亡的思考。当然特拉克尔也很年轻，他写了那么多的死亡经验，写得非常凌厉破碎。海德格尔甚至用石头的门槛那样一种重量来谈特拉克尔这位 26 岁就死去的诗人，谈他对于死亡经验的超乎常人的书写。保罗·策兰也书写了众多玄奥的关于死亡的经验，但是保罗·策兰的书写也有他独特的洁净风格，可以说保罗·策兰是一位有思想洁癖、生命经验洁癖的诗人。炽玉的诗也有一种洁净，这种洁净赋予了她的诗一种明晰，正是因为她对这个世界的生存经验始终保持着一种洁净，所以她写了很多的痛楚，观照弱小的生命，甚至幼小的生命。《宣判》中那个弱小的生命“在她出生的那日/世界就宣判了死刑/小心翼翼/缓缓前行”。

她也写了一些我读不出具体隐喻的谜底的诗歌，我想她生长在西南，那里确实有不一样的阳光、不一样的雨水、不一样的土地、不一样的植物、不一样的生命经验。她总是写到那些想看透生活的执着、好奇的执着。因为都没有标明年代，有些诗我推测是她年岁较小的时候写的。《浆果园的门》中“熟烂的浆果落在了我的头上/一个血色的洞/可否通过洞口凝望我的脑髓/俯瞰我的迷宫”，浆果本是生命的果实，是多么的美好，但炽玉是想写出生命的另一面，即生命的不易、生活的不易。这个不易并非物质生活的艰苦，而是生命存在本身的艰难，“其他的浆果落到了地上/数个血色的洞/可否通过洞口眺望地心的奇景/偷窥未知的世界”，这种奇妙的词句蕴含着一种颇为独特的诗意。炽玉尝试书写美好，但她笔下的这种美好本身也充满了不可思议的危险性。这数个血色的洞窟突然间出现在生活里，也许她写的正是年轻的生命在洞悉这个世界之时充满的诸多的危险之感。

当然我也很惊异她以《枯骨》为题写下的这类诗句，既有某种惨烈，又有某种力量。这些诗句迸发出一种力量："翌日晨晖下/我把我的骨葬在墙角/撒下蔷薇花的种子/它的墓碑/如今娉婷而立"，既有青春不可屈服的倔强，又那么轻盈，一语便亲近死亡经验。她想战胜它，她想驱赶它，在她与它的搏斗当中，那墓碑娉婷而立是多么令人惊异，"从此再没有黑夜/无尽的光明/光辉的尽头/虚无与静谧"。她总是有一种干净利落的决绝和干净利落地抵达生命尽头的偏执。其实炽玉诗歌的主题还是很丰富多样的，她会写偷窥，会写小偷，会写恶意，会写傻子，又那么会写谎言，这些书写都充满了某种辩证法，炽玉的书写是关于辩证法的一种诗意的游戏。还可以看到，"宇宙"在她的把握当中也确有奇妙之感。《告诉我时间是谎言》这首短诗写得非常有内在性，让我们感受到她对经验的把握。

她的诗集分成好几部分，其中有一部分，以"我即星云"来命名，在第一首诗歌《星云》中，表面上她写星云，但其实写的是宏大的宇宙万物，她的整个诗集都内蕴着对宇宙万物转化为一的思考，这一点是炽玉作为一个诗人很有潜质的地方。她总是张望着宇宙的万物，总是把它们归结为一种诗意，像《路的尽头》，非常短："只有站在路的尽头/才明白/那些忘记的无足轻重/那些记忆只能珍惜/那些依旧存在的是神迹"。短短的几句让我想起了朗费罗的那些诗。

但是炽玉的诗有另外一种意味，是一些意外的经验，她甚至开启了年轻人的另一些生命体验。从失眠症梦中醒来之类，按说都是中老年人的经验，但是炽玉却把它写得富有青春气息。她写“无止境的旅途”显然不会有中老年人的那种疲惫：“每一个旅行者/都不应相信世界的谎言/忘记那些欺骗/挣扎着前行”。这类书写始终蕴含着青春的自信和愿望。

当然她的一些诗也始终包含着生活的趣味性，这是炽玉诗的另外一个特点：她的诗很鲜活，很饱满。《被淹死的鱼》《被电死的鸟》，她写了这些被她称为“混乱的寓言”的诗，其实这些诗恰恰有一种生活的趣味，是饱满的，也足以看出炽玉热爱生活的那一面。这当然不是抒情，她拒绝抒情，她的诗总是想压榨和驱赶那些情感，尽管那些情感总是要纠缠而来，仿佛要从地底下冒出来，但是她总是有着对情感的逃逸。像《水妖的抉择》，写得非常有趣：“我是你的镜子/如果你哭泣着微笑/我只会哭泣/如果你掐住自己的脖子/我就掐住你的脖子/我属于你，深爱着你/如果你注定葬身此地/我会代替你活下去”。读完感到非常惊异：她这想法从哪里而来？“水妖从湖中走来/晨曦之辉在她身后/神明总是背光而立”，这也是我说的炽玉的诗具有的那种明晰的深度，她的那种洁净，对生活的趣味，那种饱满，那种把情感压榨的冷静，都使得她的诗在凌厉之后蕴藏着伶俐和灵巧，展示出一种平静。再加上她对情感逃逸的那种决绝，这些都使她的诗有一种特殊的归一性。这种归一性就像是阿里阿德涅的那根线，穿行于生命的迷宫，这是炽玉写诗的法宝，是她小小年纪就找到的自己的那根线。

作为诗人，炽玉是幸运的，是成立的。炽玉用这种缜密去反观宇宙万物，把它们九九归一为生命的存在、生命的困难、生命的哀怜，最终落脚到生命的礼赞。就是这种生命的礼赞，却像墓碑似的。它不怕黑夜，它对死亡有一种决绝。墓碑拒绝了黑夜，它背后是晨曦，也是在这里她的诗有了深度——不是那种过分复杂的、过分堆砌词语所构成的玄奥的深度，而是一种明晰的深度，就像维特根斯坦所说的："神秘的不是世界是怎样，而是世界是这样。"这是炽玉的诗所给予我们的深思，也是她的诗意所抵达的生命的可测定的深度。

是以为序。

2023 年 12 月 5 日匆匆

目 录

辑一 狐狸侦探的游戏

辑二　我即星云

辑三　“我”

辑四 狡黠者的混乱寓言

辑五 面具

辑六　腐蚀性联结

辑七　焚烧情诗

辑　一

狐狸侦探的游戏

洞悉即异类

向日葵在夜幕下哀叹
失去了神明的凡者
在沉默里腐朽
在梦魇里挣扎
“你们在等待什么”
田野旁的狐狸问道
“明日的太阳”
整齐的律调
回声在旷野游荡

披着橙纱的太阳
沿着幕布攀爬
升至舞台中心
恒星即光
振臂高呼的观众
眼眶蓄满泪水
微笑的向日葵
从此再无烦忧

狐狸旁观着悲喜剧
它也无法穿透强光

有没有谁拔掉后台的电插头

好让它看清这是否昨天的太阳

或者是否太阳

无人在意的情节

侦探是最危险的职业

狐狸眯起眼睛

像一个邪恶的反派

罗曼蒂克的死亡

我是沉默的支架
无机的基石
将火种深埋
穿过流动的雾雨
轨行繁星
恒星的耀眼光辉中
搭建海市蜃楼
我在逐渐崩坏
塔也在倾塌
孤独的星球上
一个肉体融化
只剩意识的生命体
沉默着与亲手筑建的梦共存亡
一起毁灭吧
浪漫地死亡
我与我的时间一起编织的幻象
只要不语
直到毁灭
也是真实

死亡疑云

她活在堆砌的恶意里
我活在对她的凝视里
她是曾经的我
我是走不出迷雾的人

童话的谎言
世界无路亦无门
是一望无际的混沌
没有终点的终点
是时间的尽头
沉溺在海里的尸体
被我看到的那一瞬

死亡的条件是灵魂的永存
灵魂的消亡是永生的契约
永恒与终结的悖论

宣　判

在她出生的那日
世界就宣判了死刑
小心翼翼
缓缓前行
地震与断崖
台风与暴雨
小小的身躯
甚至不能蜷缩取暖
因为需要前进

磨破了鞋底
沥青撕裂脚掌
腿是画笔
在不见尽头的长路上
摇曳
磨尽了皮肉
只剩白骨
也能跪地膝行

直到画干了血液
四肢断裂

蠕动的虫子
濒死的人
终于想起
注定死亡
这一路又是为何而去

她望着
身后走过的长路
路上斑斑血迹
永远地合上了眼睛

又一只蝼蚁
用牙咬着路面
拖动残破的身躯
一步又一步
越过了她的尸体
牙没了，就用颧骨
颧骨碎了，还有下颌
在这漫长的道路上
画下绚烂的一笔
但是，宣判也
终究会执行

浆果园的门

熟烂的浆果落在了我的头上
一个血色的洞
可否通过洞口凝望我的脑髓
俯瞰我的迷宫

其他的浆果落在了地上
数个血色的洞
可否通过洞口眺望地心的奇景
偷窥未知的世界

谁的眼能穿过果浆
那不是洞窟
只是走到了末路的植物
那又是洞窟
只要你的眼能穿过果浆

再见，再见

灯火照不完的旷野
划破皮肤的细雨
无月之夜
只有自己知道自己在飞的蝴蝶
哪怕接近死亡
也不曾停歇
——无处可落

濒死的萤火虫
幽暗中闪烁的眼
坏掉的电灯
耗尽了电池
但是不肯熄灭
就这样拖延
——但愿永远

被活埋的我
一点一点撕开泥土
不知尽头在哪
迷路的旅人
没有北极星

嘶吼着
想回到地面
双手血迹斑斑
氧气逐渐溜走
——也许在死之前

时间微笑着扭动魔方
我们的空间
怎样转动也无法同面
它狰狞地高举
狠戾地砸落
——再见，再见

枯　骨

布满蔷薇藤的墙角
埋着一架枯骨
我亲手埋下
送给花与刺的养分

夜雨撕裂空气
雷在窗边咆哮
“快，快！”
谁在我耳旁呢喃
逼迫着，催促着

我忍着疼
撕开自己的皮肉
抽出了自己的骨
毛毯是埋葬血液的海
烛光之外的阴影隐藏着罪

他们满意了
风歇下来
同雨一起
倚在窗边

静悄悄地

翌日晨晖下
我把我的骨葬在墙角
撒下蔷薇花的种子
它的墓碑
如今娉婷而立

从此再没有黑夜
无尽的光明
光辉的尽头
虚无与静谧
嗅到千万骨骸的腐气
舌尖是灵魂燃烧的灰烬
皮肉和我的庄园
笼罩着柔软的光晕

谎　言

坏孩子
你的谎言
让内脏拥抱弓箭
让骨骼亲吻刀锋
血液渗进泥土汇合
汇成酒红色的溪流
流向江河
碎肉是泥土的养分
鸦的盛宴
盔甲却不腐
深埋沙土
是战士千年不朽的坟墓

然后那些
神选的幸运孩子
在一片荒原
重新聚集
用焰火熔化武器
炼制餐具
分食剩下的果实

我愤怒地质问
你为什么欺骗
用荣光和华贵
你嘴角俏皮地上扬
眼里却全是轻蔑
用食腐动物的目光
盯着食腐动物

逃脱烤箱的鱼

我的两面
一面迎着寒风
一面被火灼烧
像冬日里逃脱烤箱的鱼
只要没有镜子
就不知道死亡事实
如果漂浮在唯美的海洋
尸骸也能痛快呼吸

人有两面
所以能够在痛苦中沉溺

灼

天边燃烧的云
是太阳最后的生命力
然后坠入海底
那黑森森里埋葬的是
死掉的太阳和波涛的悲鸣

失去光明
不见五指的幽暗
没有温度的海水
以为地狱降临
可是害怕与颤抖
没有袭击我的身体
疯癫的烈日
凄哀的夜海
哪里才是地狱
我想不清
所以，只一遍又一遍
舔舐着被阳光灼伤的肉体

无解循环

死者的尸骸
抱着自己的头颅
断头之刑
斩断了魂与肉的羁绊
斩不断深信神明的执念
为什么死去
为神明死去
为什么等待
等待救赎
不甘的尸体
意识在循环中消亡
为信仰而死
为生而相信
渺小的水滴
撞击大地
瞬间泯灭
无法抗拒的地心引力
还是勇敢的蚂蚁

明　日

迷雾中，等待
夜深，却不见月
日出，只凭弥漫在水汽里
破碎的光彩

我却不肯点燃
唯一的蜡烛
等到明日
再等一日
等到结局
或是再也，再也……

风车在哪里

风车在哪里
在风中腐朽
在朝阳里蜕皮
虎在风车下休憩
枕着被丢弃的牛仔衣
我在相册里
找到泛黄的
风车、虎与牛仔衣
转眼间一切
都只是过去

偷窥与觊觎

一切都有终结的时候
看是在喧嚣的清晨
还是在寂静的黑夜
小偷坐在窗前
等着未知的降临
门外是握着利刃的疯子
也许不是，只是风声
现在只有向一片漆黑的屋中走去
无论深处是否有怪物沉眠

小偷手握着利刃向未知走去
徘徊在门边的疯子
终于拉开了门
我们前仆后继
走在这条遍布门窗
偷窥与觊觎
不可知的道路里
走向我们以为的终结

恶　意

它被遗忘在繁忙的街角
像一只湿淋淋的猫
只有目光是尖锐的荆棘
包裹着每一个路过的躯体

它渴望着信徒
“我是最时尚的”
就像一颗巨大的红宝石
比勇者的心脏还要璀璨
“佩戴我吧”
就像沐浴猩红的酒汁

于是它被拾起
一件精美的礼物
被无辜的门毯签收

惊恐的恶意
在寂静的走道里尖叫
“这是哪里，我为什么在盒子里？”
它绝望地敲打着礼盒
无法理解自己漂泊的宿命

告诉我时间是谎言

寻遍每一片星云
找到一颗永恒的宝石
纯净之蓝像地球的眼睛
一朵凝固的娇花
诉说着以前的故事
不存在的幻想
让我蹒跚走向时间的尽头
寻找着无限的我
终将停止在某一刻
只能握着你的手
请你穿过灰暗的朝雾
披上沉重的晚霞
找到时间的谎言
渺小的你我
被宇宙欺骗的证明

骰　子

那你便将思绪扔进河里
浪漫地思考
所有东西都会消亡
除了你自己
那你便将沉溺拾起
无须思考
所有东西都会消亡
包括你自己
无法决定
就掷下骰子
让数字决定你的命运

辑 二

我即星云

星　云

如果抓不住逝去的蒲公英
就像太阳在我面前迸裂
一个老练的水手
航行在火焰里
能否在一切蒸发前离开
超过时间的速度
力将身体撕碎
那散落在宇宙中的
我即星云

自然之墓

衰老的蝴蝶在落叶的阴影里腐朽
余晖是自然之墓前的圣歌
森林哼唱着古老的童谣
从黄昏到天明

新与旧

没有窗的废弃大楼
过去时光的骨架
陈旧却坚固
好似能够在大地永恒伫立
谁留下的红色玫瑰
身躯的刺想要却刺不破
躺在布满灰尘的地面
是黑白灰世界唯一的颜色
孤独又突兀
也许下一秒就枯萎
变成和周围一样的色泽
“谁才是被母亲抛弃的孩子？”
“时代抛弃了我们全部。”
于是玫瑰缄默
望着那远处升起又坠落的太阳
等待凋零的一刻

列　车

汽车在公路上
跳着爱的圆舞曲
一只信鸽
不断闪烁着
我在哪里
想去哪里
向前方的黑暗逃逸
身后是辉煌灯火
循环的空间
永不停歇的列车
繁华被静谧链接着
很快又冲入另一片灯火
不断鸣叫的信鸽
让我只能踩下刹车
催促着我回去
逼迫着我忘记
忘记被一辆
永不停歇的列车
拖拽着向前、向前

圈

活在圈里的我
是火焰燃烧后的灰烬
碎屑在暖风里消逝
气流的螺旋
把我带到死去的水域
挥洒在波光之中

我在湖面的海市蜃楼中行走
脚踩着丛林和柔云
拈起叶子的尸体
想象自己是森林之王
却兜兜转转
踩不到泥土
我是圈的奴隶
我画着它
它圈着我
亲密无间

我挚爱的风
仅仅只能把我
在别处安葬

死去的我的魂灵
在神圣的墓地
绕着圈
像坏掉的圆规
刺在地球的胸口

末日传承

无尽的寒冬
生命在空气里消逝
在厚雪里埋葬
没有鲜血，没有断骨
更没有英雄与邪恶的激斗
一切在寂静里走向尽头

一座墓园在废墟里幸存
一个守墓人守护着废墟
墓园里埋葬着亡者和他自己
与死共生的灵魂无惧凛风与孤寂
当一切都被雪埋葬
还剩下什么来书写他们的功绩
不过是废墟

啃食着积雪像只野兽在撕扯猎物
墓园的守墓人一定要活下去
“我要写下他们，
写下他们的功绩”
像个狂热的信徒
用图腾燃起骨血

用痴爱驱动心跳
最后还是死在废墟里

他从不畏惧
也只畏惧
他是墓园最后的亡灵
他呼唤着，渴求着回应
只有回声愚蠢地缠绕在废墟里

路的尽头

只有站在路的尽头
才明白
那些忘记的无足轻重
那些记忆只能珍惜
那些依旧存在的是神迹

熔断爱的弦

世界啊！
请熔断我心中爱你的弦
让我接受自己的渺小
人只能作为蚂蚁活着
才能在疲惫中休憩
或只能
作为英雄或愚者
迅速地死去

失眠症

如果不成为
幻想大陆的女王
就无法入睡
今日十分幸运
于是我来到梦里
女巫患上绝症
不能在黑夜承受白昼
邪恶之花
在村庄中肆虐
这是递给我的求救信
我派遣勇者
砍下她的头颅
让她得以沉眠
我在晨曦中惊醒
不自觉地抚摸颈
紧张地望向门外
那里是否藏了一个勇者
来结束我的性命
我要尽快结束白昼
但是记得
不要将它带到夜晚

黑夜无法承受

这是永恒的魔咒

勿从梦中醒来

他穿梭在水中
尝试拯救腐朽的花
几度浮沉
耗尽了所有
沉入水底

它从梦里醒来
思维从世界的另一面
回到此地
它是齿轮是螺丝
马上开始运转
缓缓走向永眠之地

无止境的旅途

我的旅途似乎停止在某一刻
在相信世界已凝滞的那一瞬
可是如果在方寸的小屋中沉寂
再也不会有闪耀的星光
陪伴我在黑夜里赶路
更不会有绚烂的彩虹
迎接我在树下躲避太阳雨
只能在小小的花园里
用肥皂与水吹出泡泡
折射出斑斓的光
色彩却被困于泡泡之中
顷刻之间，破裂

每一个旅行者
都不应相信世界的谎言
忘记那些欺骗
挣扎着前行
世界只停滞在
旅行者放弃的那一刻
世界只会毁灭于
被遗忘的那一刻

奇　迹

在雪中沉睡
以为明日会变为
曾经存在的痕迹
白皑皑里唯一的污秽
所以用我最后的纸币
买了烈酒入喉
原本是想夜里点燃
用焰取暖
用火照明
只是梦里谁在抚摸
我失去温度的脸颊
残忍的雪花
渐渐将我掩埋
没有痛苦的失去
我被深藏在心里

一棵奇怪的嫩芽
突兀地生长在雪里
下面埋着什么？
根部是我的尸体
待到春风吹拂大地

雪水退去

它是陆上第一个生命

不是新生

是延续

是撑过严冬的奇迹

失　忆

如果我在太空里失忆
忘记了从梦里回来的路径
我是不是变成了
宇宙的常驻民
不是其他星球的臣民
是在黑暗中浮游的某种东西

阴　天

如果是阴天
每一束光
都在极力从云中逃离
逃进窗口
涌入我的怀里

深渊与我与电视剧

夜里陪伴我的
只有灯火
和电视屏幕里
荒诞的剧情
冷漠地看着他们
生或死，爱与恨意
正如宇宙一隅
某个看着我的神明

它就这样
淡漠地看着我
看我微笑或是哭泣
陪伴它的
只有太空无尽的黑暗
和远处零星的星火

辑 三

“我”

我

我从第一个可能性醒来
走向下一个
在堆砌着无数镜面的房间
我是穿梭在镜中的影
我与我重叠
我与我互相凝望
在彼此眼中化为火焰
燃烧一切可消耗物质
对自己发起战争
所有的我都是战败者
影子无法触碰彼此
在我放弃梦的那一刻
世界凝固了
我默默转过身
看向镜中的世界
忘记所有的我
只记得自己是唯一

葬　礼

一个人走在葬礼的路上
谁的葬礼?
我的葬礼
我随时都在为自己举办葬礼
有时告别了昨日
有时吻别了谁
一个可有可无之人
或是一个在我的骨骼上
缓缓刻下自己名字的人

我看着棺木中自己
安详的面庞
殡仪馆柔和的灯光
代替我的手
抚摸着那冰冷的肌肤
她——死去的我
比我更美
所以献上红色的玫瑰
我最后的热情送给了昨日的自己
沙漠中的最后一滴水
滴在了尸体下颌骨

不顾我的依依不舍
她被推去火葬
从今往后
我要活得像个大人
我应该是个大人了
残留着余温的骨灰被递给了我
递给我做什么呢
还要让我看见自己的灰烬
如此可悲么？

但是我还是抱着骨灰
走向了墓园
我专注地
带着敬畏之心
把自己埋葬
立起墓碑
上面全是冠冕堂皇之语
没有一句是我想说的

这个墓园
埋葬了无数的我
一座座墓碑上
都写了我的名字
这不是永恒的纪念

被遗忘的坟墓毫无意义
等我足够大
等我忘记她们
这里也会被火葬
化为风中细不可见的尘埃
飘向无名之地

当一个人长大

当一个人长大
一切都在远离她
幻想与梦境
愉悦与热情
一具被捆绑的
尸体在挣扎

这是世界和它的对话
“你只能闭上嘴巴。”
“我说不出话。”
可是它，明明还在说话

我以外的繁华和我的孤寂

只有我的房间
斜倚窗边
被遮蔽的月光
却也不开电灯
山林中疲惫的旅者
凝视谷中的孤村
远处暗淡的辉火
缠绵蔓延至
看不见的陆天一线
可是玻璃将他们隔绝
听不见人声的嘈杂
却听着引擎的轰鸣
驱散了睡意
像圆滚滚的猫头鹰
静谧地端坐在树枝
只望着村落的旅者
并不想在散发着霉气的床上
沉睡，只是凝望
我是甜腻的夹心
隐藏在黑暗的高塔里
享受我以外的繁华和我的孤寂

溶　解

风中的呐喊
雷雨里的泪
暴风雪下的遗体
血液滴入红酒的涟漪
不存在却又存在

我踮起脚尖
悄悄走入世界
没人发现我的俏皮
可是我却被溶解
溶解在世界里

一分为二的

我的身体在向前走
我的灵魂在迷宫中遗失
人类总是用十几年
从梦幻王国中走出
又用一生缅怀那些岁月

被扰乱的梦幻王国
一个背叛者的潜入，如此可笑
生长着羽翼的邮递员
没有头颅的士兵
五只手的小贩
这里没有那样像人的人
于是背叛者被追缉
它只能一边奔跑
一边声嘶力竭地
呼唤着自己的名字
曾经的它
还在迷宫里徘徊
它迫切地想要拯救

曾经的她望着

尖叫着狂奔的它
恐惧地躲在阴暗的角落
她的身体背叛了自己
走向没有童话的干涸大地
如今竟去而复返想将她也吞噬

我的灵魂在永乐乡
我的身体在混沌里迷失
人类总是用一生
尝试在虚无中找寻真实
却忘记相信自己
曾经无穷的想象力

对　峙

我始终与雾中的什么对峙着
又像是开始又像是落幕
我想我恐惧着
消散的雾中是一面镜子

脑

(1) 空洞

心中的彩虹
逐渐消散
仰躺在脑海中的我
凝望着天空
云中有一个洞
我可以让黄金如雨降落
也可以让怪兽缓慢爬出

空洞的我
凝望着空洞
是这个确定的世界
唯一的不确定

(2) 无重力

我厌倦了被海浪托着
随波逐流
踏着水面

缓缓走上岸
像龙卷风一样起舞

要不要让重力消失呢
让我与漫山鲜花一起
飘浮到半空中
我的脚不属于大地
我的发丝飘向天际
像柔软的生命体
在脑中的你我
自由的唯一

（3）捐献

“你会死。”
就这样医生让我捐献了
我的眼睛、手脚和躯干
我行驶在路上
像一辆工艺精湛
的小汽车
我们被驾驶着
匆匆忙忙
有时堵车或车祸
但身体已经捐献了
与我无关

我在脑中与鲜花
飘浮在半空中
我凝视着空洞
想着那里是不是
会伸出一把手术刀
让我把脑子也捐献

你我都藏在
危险又安全的游乐园
被摧毁的可能性
就是最后的兴奋剂
“就这样直到永远吧”
——至少在死之前

辑 四

狡黠者的混乱寓言

雨

(1) 被电死的鸟

你从雨中走来
鞋跟是尖锐的针
狠狠刺入泥土的皮肤
一只小鸟，竟被电死
坠落到你脚前
枯萎的羽毛，焦黑的身躯
烤肉的香味
一丝一丝
又消逝在湿润的空气里

从雨爱抚你的位置
风撕裂你的身躯
冷，那便稍微走快些
皮鞋的尖头
亲吻小鸟的尸体
飞溅的泥浆
和它圆滚滚的身子
一圈又一圈

然后针把它和泥土
一起穿刺
把标本钉在画框里
渐渐走远
微不足道的渺小
被遗忘，没有坟墓
尸体供人欣赏然后腐烂

(2) 被淹死的鱼

你的伞是夜空的颜色
只是没有星辰的点缀
伞骨坚直挺拔
伞面却曲线柔媚
雨抚摸着那光滑的肌肤
聚集在边缘
然后落到泥泞里

泥泞和看不见的沼泽
在地的尽头与天连接
不想做鱼的鱼
从沼泽跳跃到泥泞
鱼有两面
一面枕着假的沼泽

一面被雨水敲打鳞片
偶尔在鳃里游玩的雨滴
稀薄的空气，干死的鱼
坚称自己被雨溺亡

你看见
在污浊的土地里
有什么闪亮的东西
那是被雨洗净的鳞片
一具阴天里却绚烂的尸体
蹲下，用你的伞为它遮挡阵雨
你小心地捧起
那柔软的鱼腹
想要切开，吃掉绽放的脏器
可是你忍住了食欲
小心翼翼，将它放回沼泽里
惊起小小涟漪，然后被深埋
你在岸边微笑
向它挥手道别

（3）诸神坠落

那天，还是永不停歇的雨
一望无际的枯糜大陆
你和你孤独的背影

向着天地一线
渐行，却未渐近

沉重的睫毛
微闭的眼睑
前行的疲惫
但是天边，什么坠落
咚，敲破大地的声音
然后，又有什么
擦过了你的雨伞
溅起的泥浆
裙上曼妙的花朵

那深陷泥土的身体
孩童般赤裸
一双皎洁的翅膀
死去的鸽子
蜷缩在背脊

居住在上面的人
随雷冲出云层
同雨携手砸落
一个又一个
宇宙遗弃的星球
挥洒生命最后的绚烂

然后湮灭在泥泞
流星，死后仅是磐石

你麻木地站立
甚至不惧怕被夺取生命
恐惧的双手无力撑伞
只能仰面被雨浇灌
看着神逐一坠落
与风雨合奏死亡交响曲

神之雨停歇
最后一抹光
在绝望中消亡
雨，还在继续
那永不消散的阴云
是恶的屏障
你在人间抑或是地狱？
看不见人的神明
失去存在之意义
失去了神明的人
将同类的身体
堆积成山

（4）晴天

你疯狂找寻
最后的幸存者
漆黑的天地只有你的孤寂
远比地狱更加地狱
一座两座三座
只有散碎的无机体
和曾经的生命

大地之无
你望向天际
无尽之雨
何时才会天明

雨水抚摸伤口
偷走你的性命
断裂的骨头
再不能站立
你以地为席
胸口的起伏
微弱的烛火
死，即将降临

天边有光，刺破云层

像是恶作剧
你的眼睑，越是无力
它越是喜悦
直至你闭上眼睛
阳光笼罩大地

水妖的抉择

(1)

清晨微光中，水妖
探出头来将静谧的湖面唤醒
晶莹的水滴点缀着发丝
像婚纱包裹着她的身躯
岸上的两人
掐着彼此的脖子
谁也没有注意到这双眼睛
水妖总要选择一方
代替这幽深的森林
和澄澈的湖水
谁将葬身此地?

(2)

我是你的镜子
如果你哭泣着微笑
我只会哭泣
如果你掐住自己的脖子

我就掐住你的脖子
我属于你，深爱着你
如果你注定葬身此地
我会代替你活下去

(3)

想要结束此生之心
早已在苦痛中消逝
可是它却仍未放弃
我反手掐住它的脖子
可是它毫无畏惧
它是我的镜子
我可以问它任何问题
它会告诉我心中的答案
究竟爱不爱自己
究竟想不想死去
它是我的真实

(4)

水妖从湖中走来
晨曦之辉在她身后
神明总是背光而立
太阳神的正面是看不清的混沌

水妖没有选择谁的性命
选择了左手还是右手
于是抓住了左手边的孩子
将他拖入母亲的怀抱
一个人溺死在湖中
但是毫无意义
人会死在任何地方
投入世界任何一个部分的怀抱

（5）

死去的是他还是镜子
失去的是真实
还是存在之意义
湖岸上孤独的身影
望着旭日的攀爬
沐浴着温暖的光
静止着，仿佛时间已然停摆
心中问着，不可答之疑

童　话

我生在荆棘里
总是血肉模糊
忘记了皮肤原本的模样
只记得和我交融的刺
呼吸也是痛的
所以一动不动

不记得是何日
一把巨剑从天而降
斩断束缚
落到我的面前
“逃走吧，我的王子。”
神这样说道
正好，我也想看看荆棘丛外的世界

我拾起巨剑披荆斩棘
我的鲜血喂养了根茎
剑却斩断了枝叶
我究竟是杀手
还是养料
我也不知道

但是我还是走到了尽头的尽头
没有广阔的天地
不过是空无一物的房间

你以为我会失望吗?
不，我欣喜地摘来了花朵
把这小小的净土装点
方寸寂静之地
便是我所求一切
一无所有总好过心也死去

这便是我的故事
关于逃离的童话

动物世界

骄傲的兔子在一座岛屿
只有它的岛屿
狐狸宁可饿死
也不愿离开陆地
因为家在那里
空中的鸟儿
腹中塞满
鱼的尸体
嘲笑兔子
不愿意牺牲自己
动物的世界
总在改变
以至于我不清楚
哪个是自己
麻木地演绎
每日的荒诞剧

笼中夜莺

(1)

你是我笼中的夜莺
我是你眼中的风景
我请你跪地臣服
你让我如夜沉静
我能撕掉你的尾羽
你能揉碎我的心
我的夜莺
莫再折磨你的唯一
你的末日，是我死去

(2)

我的末日，突然降临
干涩的歌喉
饥饿无力
我轻轻倚着笼底
温度溜走
奄奄一息

只是那从未打开的牢门
终将开启
我的自由，我的末日

(3)

血淋淋的双手
用尸体的丝衬衣
缓缓擦净
尖锐的利器
被我扔进河里
我杀死了我的雇主
也许还有他的夜莺
我终于可以去旅行
我的罪，污浊不堪
小小的感谢，在他死后
却像没有邮票的信
消失在空气里

太阳之死

听不见耳旁
鬼魅的呢喃
且不食不饮
日复一日纺织
绚烂的羽衣
撕裂一副又一副
瑰丽的歌喉
织成彩虹晕染的色泽
终于织成的那日
眼满布红色蛛网
嘴是干裂的橙皮
只是笑到了耳垂
他身披彩甲
像一只高傲的凤凰
奔向了太阳

摔断的骨头
扭曲着划破肌肤
被针尖戳刺的气泡
假的羽翼无法飞翔
断裂的腿

爬着收集落羽
再织好，却又
跃起摔落
摔断每一块骨头
也要颤抖着
奔向太阳
最终无法动弹
只能拼命将眼球上挪
直视那遥不可及的日光
却越来越模糊
承受不了的辉煌

突然，太阳坠落
就像罪堕的神明
伏在肮脏的泥土上
就在他的身边
好似为他而来
他用最后的力气
一点点蠕动
向残留余温
死于热与光
如愿被融化
太阳也完全死去
只留下一个故事
没人倾听的哀伤

白日梦

泉水般涌进百叶窗
然后被割裂的光
地面上破碎的影
哭泣的女人
听不到天使的声音
深陷意识的海洋

勤劳的爱丽丝
一次次往返仙境
与每一只会说话的兔子
千百次成为朋友
友情的骗子
没有一位爱丽丝是无辜的
谁都想成为主角

奇异的红苹果
罪恶的海洛因
只有在梦里
才会出现奇迹
哭泣的女人
紧闭着租屋的百叶窗
不想听见天使声音

必要的放逐

我站在未知的尽头
被藤蔓捆绑
枕着枯树的遗体
迷雾萦绕的傍晚或是清晨
日与月的弃子
不能在黑暗中哭泣
也无法在光明中鸣叫

最后一次的凝望
神明转身走入丛林
双眼是紧咬的蚌
我不能看见
逐渐消融的背影
我只能记得
“我们没有被遗弃”
“我们放逐”

隐秘的诞生

谁的手在幻梦中捧起
斑斓的泡沫
又是谁在从泡沫中诞生
多边形的肉块在掌心
挣扎又吞噬
那天才的工程师
用光晕将丑陋包裹

谁在幻梦中窥见秘密
又是谁睁开眼戳破泡沫
奇境中的你与我
只能被绝望淹没

永恒的宴会

羽毛飘浮在风的舞蹈中
刹那间的嬉戏
被快门捕捉为永恒
歌颂永远的声音
在堂皇的大厅回荡
凝固美，冻结痛
欢声笑语伴随着凝望
再解读，配上忧伤一曲
把印着千字的册子
发给每一位看客
把文字放在餐盘上
优雅地食用
是所有人的权力
宴会的最后让一切飞扬
剩下的餐食像雨一样洒落
什么也不能留下
除了干枯的照片
歌颂永恒吧！
永恒的宴会
蚕食、蚕食

玻璃罩

折叠的季节
只有温度离开又归来
闪烁的穹顶
分不清灯与恒星
城市顶端的钟
敲响三次
玻璃罩中的木头人
像潮水般涌动
活着、活着

生活在何处
看不见的地方

辑五

面具

疯　子

你在听什么？
世界静谧无声
你在说什么？
我听不清
哦，对，我是个聋子
我悻悻地离开
留你独自一人聆听
星球的声音

我路过一个又一个路口
一个又一个听众
快乐地聚集
谈论着什么
那笑容像坐拥宝藏的恶龙
我尴尬地移开眼
我是不一样的
是甜美水果中的核
是娇艳花朵下的刺

我抬起手指
缓缓摘下了眼睛

扔在地上

就像对待一文不值的垃圾

现在好了，我再也看不见

世界只剩下我自己

我是个聋子，天生的

我是个瞎子，我自己选的

我和你们不一样

我是个疯子

你们告诉我的

无知者

街道转角的牧羊人
在喷泉广场放羊
街头艺人
抱着自己头颅
讲着不可笑的笑话
残疾的小提琴家
奏起安魂曲
铁鸟轰鸣着
划过苍穹
在天空撕破了一个洞
一只黑曜石般的瞳
凝视着广场

傻子在画画
什么也不明白
只能画出看到的一切

愚　者

生于牢笼之人
深信世界只有方寸大小
嘲笑
以头撞击铁栏，鲜血横流
直至死亡

灵魂死亡的身躯
那悲哀的空壳
嘲笑
苦苦追寻爱与美，遍寻不见
却不知放弃

被冷漠与阴暗浸泡的心
怨恨暮霭中的最后一缕光
嘲笑
燃烧自我，灰飞烟灭
却面带微笑

一个不见月色
格外幽暗的夜晚
愚者被放逐至孤岛

等待死神的收割

孤岛的灯塔
愚者傻傻地
等待
一闪而过的流星

谁知道
他不是下一个创世神

拾荒者

掩埋地底的废料
泥土的盾
消失的污臭与糜烂
挡不住的危险射线
我是拾荒者
突然无处可去
却未想过挖掘
在垃圾山上行走
却不自知
错失自己的宝藏
找不到新大陆的海盗
饥渴交迫地死在
空无一物的无名之地

最后一人

我守着锈迹斑斑的大门
门后空无一人
食物早已吃光
植物也被连根拔起
细细咀嚼
风越来越寒冷
阳光也不再恩赐
不知何时会饿死
死在这里
却风化为尘埃
飘向无名之地

旅　者

我是天生的旅者
转瞬即逝的生命
和永恒不死的心
渺小的我，终究
枯枝般的双手
昏暗煤油灯般的眸
——只是
最终会结束的旅程
哪怕一丝一毫
也想将它延长
延到生命的尽头
如此，此生不枉

她遗落人间之物

刺目的闪光灯
尖叫与狂喜
火色玫瑰
低俗古龙水
一层又一层
人肉迷宫
进出不由己

那被围住的
是她遗落人间之物
白玉肌肤
柔润波浪卷
被精心修饰
绮丽如生前

他们说这是爱
至死不渝
一次次抚摸
亲吻又怀念
献上花朵
拍下合影

食腐动物
围绕着食物盘旋
双眼饥渴又凶恶

爱她的人
拨开人群
想把遗体燃毁
绽放诡丽的烟火
然后结束
这虚假的爱
真实的侮辱
可是这具身体
沉重又僵硬
原来这不过是
精心雕刻的塑像
她早已不在
甚至在死之前

在星海相遇

在群星闪耀的夜晚
鸟兽咏唱的森林
遇见流泪的旅人
燃烧着生命缓缓前行
我们冷漠的灵魂
看着他慢慢化为灰烬
是比冰原极光更美的风景
只有内疚能敲碎我们的心
只要沉寂
就能这样在乐土沉沦

坟 墓

你是何人
早已记不清道不明
你在这废墟里已有百十年
饿了便食
渴了便饮
清晨黄昏便在废墟边缘游荡
仿若在那
干涸的大地
荒芜的草原
枯瘦如柴的狮王
仍不忘巡视领地

如果连爱也忘记
那你站在地狱的阶梯
一步一步向坟墓走去

洋　流

我乘着小船
想为爱人送去礼物
天地被麦穗的颜色支配
落日在波光中融化
风也是清冷的秋风
我还是没有找到爱人的家
或是小舟忘记了目的地
且随着不知去往何处的洋流
去往不知何处

一个傻子
幻想着不存在的爱人
乘着随时会沉没的小船
在黄昏漂泊
无力抓住已经逝去的太阳
害怕却又想亲吻月光
抱着不存在的礼物
做着所有人都在做的事
且随洋流而去吧

辑 六

腐蚀性联结

探秘三部曲

(1) 投机者

跪下亲吻恶魔的脚背
又像吸血鬼吮吸美人的脖颈
你得意地展开枯糜的骨翼
微笑地撕落我的丰羽
只为同你更接近

你把刀借给我
我用鲜血沐浴
我用染满红绸的双手拥抱你
你把烟火送给我
我点燃五月的罂粟地
迷幻雾气逐渐笼罩大地

月色下你我影子交融
曾以为那是灵魂的共鸣
直到你丢掉我，向别人走去
我等不到拂晓，只当已坠落
却惊觉依旧在人间，只是孤寂

我才明白，我的罪与爱
渺小如蝼蚁

（2）危机

它逐渐向他靠近、靠近
在心跳声中屏住呼吸
自我欺骗的愚昧之人
祈求着偶尔降临的幸运
最后一张扑克牌
翻过来是黑桃三
愚昧且又霉运缠身之人
没有女神的眷顾
所以脚步声还是渐近、渐近
他尝试低价抛售股票
它却无所谓一段数据
不存在的黄金
迷宫是最后的机会
他在深处
以为自己是终点
绝不可能被寻到的圣域
企望它徘徊在曲折里
却穿墙而过
他自己建造的泥土之壁
泡沫一般碎成空虚

最终被扼住喉咙
像屠宰场等待结局的鸡
在漫漫河流里逐渐死去
它拖着他的残躯
向无名之地

(3) 投资人

女神砸落了香水瓶
蜜桃一样的甜腻香味
散落在空气
我像个饱腹
却感到饥饿的孩童
想要随着芬芳
拾起蜜糖的碎片
时间是再不归家的溪流
积蓄是宏伟倾泻的瀑布
我相信无舍无得
像个老到的赌徒
自信深谙炼金术原则
可是遍寻不见
我只能猜想
越是曼妙的香味
越是高深莫测
却不曾想到

破碎的玻璃
溢出的琼浆
在女神的宫殿
云的上面
如我凡人
无法企及的圣域

渴　望

我迷失在迷宫里
找寻着什么
所有人都在
找寻着什么
我们敲开彼此的心门
然后缓缓合上
走向下一扇
蚂蚁在流沙中迷失
从未得到想要的
却选择葬身此地

围　墙

雷鸣和雨滴奔跑的声音
交织在你耳旁
你不信她离去
正如诗人吟咏的爱歌
你们相遇
如今诗人也死于自缢
她也在夜里离去
没有提灯
血肉之躯融于
幽深的夜色
只有野兽能嗅到她的身躯
泪与雨交融
带走你身体的温度
为你洗去罪孽
你啜泣的声音
也被寒风
打得零零碎碎
人与人从相遇开始
便注定离别
你爱的东西深埋土里
一具躯体

天亮之前

你必带着铁锹回去

回到你的城堡里

竖起围墙等待

等待下一个小偷

偷走你的心

然后告别他

在暴雨夜

埋葬在小偷的墓里

独　行

同样孤独的我与你
从未相偎相依
像是水中油粒
相隔相望
渴望着融合
却终究是令人难受的肮脏
不然我们又怎会孤独至此
就这样到死罢
作为一个人
一直独行

我，我们

栀子哭泣的声音
不在盛夏
在花瓶里，凋零

破旧的磁带
无歌可放
录音机没了声息
葬在垃圾场里

我穿着灰色毛衣
流浪在陌生的街道
颊边的泪
因为我在人群里
没人认识我
只有自己，记得自己

缘

我必定
紧握你的手
谁的手?
我也不知
连为什么
被怪兽吞入腹中
也忘记
被分解时
仍然握着你的手
在这个诡谲世界
我们转瞬即逝的生命
也有了微小的意义
与陌生人一起
站在炼狱门前的我
有了温暖的勇气
人与人
从出生开始便相连
有着对彼此的爱意

我们之间

你与我站在玻璃两边
我想透过它看你一眼
它却给我戴上假面
你愤怒地砸碎
手背破碎的皮肤
我被划伤的脸
一滴，一滴
红色的泪痕
在你与我之间

我拾起玻璃的碎片
一点，一点
粘粘补补
举到脸前
让我透过它看你一眼
让你看着我的假面
你偷偷用脚尖
抹掉地面散碎的红点

它在我身旁

它在我耳旁，呢喃、呢喃
我在云里沉寂
飞鸟默不作声
从我的心间掠过
于是我坠落到土地
它在我耳边，叹息、叹息
我望着天边沉寂
勃发的嫩芽
从我的腹腔挣出
于是我进入地狱
它不再缠绕着我的心
我自由了却又无力
活火山吞吐着烈焰与黑云
我在荒芜里哭泣

辑 七

焚烧情诗

心中生长

任由杂草在我脑中生长
放任荆棘包裹我的心脏
我已荒芜不堪
我不堪荒芜
我是干枯的植物
在土地龟裂的荒原
野蛮生长
荒原寂寥不堪
荒原不堪寂寥
荒原只有颓靡的我
我只有野草与荆棘

远距离死亡

死亡何惧
世界在为你举行葬礼
那夕霞是天边炸开的烟火
伴你走过幽蓝的冥河

把肉体留下
把誉赞留下
把我们留下
解下沉重的枷锁，远去

烈火在我心脏上弹琴
你的灵魂却在冥河里舞蹈
那些深海里畅游的水母
无形无色
却是不见天日的地方，唯一的光明
是银河里，璀璨的星海

其实，只是，仅是
我愿这样相信
神亦言，那是绝美之地

倘若，你远去
只感受到
深水重压
又或是虚无
世界的灰烬
请务必，深埋秘密
我想愉悦地活着
亦不愿反驳神明的话语

湖　底

轻轻把脚踝
浸入深冬的湖泊
一点点走进
膝盖，腰腹
最后是肩膀
皮肤的空隙
流出生命
流到涟漪里

突然，悔意
抓住了我的心
岸却早已
悄然远离
泪蒙蒙的眼
我的身体
被那冰冷的水紧抓
即将沉溺

沉溺后会去哪里
自我毁灭的我
不会被铭记

消失在记忆里
想逃离的我，其实
连死也不由己

逐渐沉入湖底
重压撕裂肺
就要走到尽头
一颗流星
划过脑海
——只有活着
才有也许
这是我死前最后的思绪

爱情与脑海

（1）落羽灭世

一片落羽
飘然而下
三月的雪花
柔弱地融化
在那海中央的天平
左边是爱
右边是恨
于是世界轰然倒塌

（2）冷雨焚心

冷雨连接天海
那细密的网
遮住阳光
已十余年
冰冷的针
六月的海水
被一根根刺入

可是甘之如饴

因为忘记暖阳

(3) 信天翁

一只小偷

刺破海面

叼走了我的鱼

飞快地逃跑

逃到天上

海浪不断追逐

却碰不到哪怕尾羽

只能暗自落泪

默默记忆

总有一日

待它累去

它会淹死在海浪里

在苦痛中沉眠，醒于虚无之间

(1) 沉睡中

谁在黑暗里舞蹈
谁听到了我的祈祷
不要剥夺我的意识
不要让我就这样死去
那逝去的岁月
和所谓的命运
佝偻的身躯
沉重而不得安息
空洞的眼睛依然沉痛哭泣
我癫狂地奔跑
乞求找到出口
如果时间倒流
树荫缝隙里窥视蓝天
清风洗净大地的每一个角落
我便再也不舍睡去
在黑暗里徘徊悲鸣

(2) 醒来

我嗅到清晨空气的芬芳
谁来拯救我灵魂的死亡
当黑暗从我的身体退去
光明再次占据
透明的阳光射到身上是一面镜
我嶙峋的双手和我枯萎的生命
悲伤的鸟儿啼鸣
唤不醒已经死去的心
我曾以为
人睡了，再醒来
身边绿树成荫

爱情最终死去

无法阻止
世界把
最可怕的噩梦
带给最可爱的你
于是我只能忘记

无法面对
你带着恨意的眼睛
吞噬光线的深渊
我缓缓转过头
假装看不见

世界带来厄运
我遗弃你与回忆
我们是你的噩梦
无法逃脱的渔网

所以，若有一天
我奄奄一息
请看着我
看我死去
把自由还给你

活在这样的世界

我麻木地哭泣
因为不知为何而痛
痛于虚空
空虚而痛

我肆意地大笑
因为不知该作何表情
冰冷又温柔
淡漠的暖意

我一个人的时光
总是僵硬
像个行走的尸体
脑子还在转动
只是也不在这个宇宙
束缚着灵魂的肉体
牵着与他人的缘
弃之可惜
不甘愿地被包裹在网里
所以暂且
就这样过下去

我活在这里
也已不在这里
告别时代
告别不了残留的爱意
只能走在这样的世界里

死在何方

黑鸦在枯枝上叫嚣
夜应声降临
被烧死的恶
在灰烬里复活

死神在耳旁呢喃
“随我去吧。”
像暮冬带着冰碴的寒风

锁在心中的恶人
抓起我的领口
“放弃吧，随死神而去”

我捂住耳朵，泪浸湿前襟
即使死
也要到天明
死在温暖的花海里

后　记

诗人是躲在阴影之中的孤独的观察者，用冷峻的目光凝视和穿透眼前发生的一切——事物、梦境、幻象……再用那支永不离手的笔记录下里面最有趣的部分。

这便是我从小到大的生活，我几乎从不参与其他孩子热闹的嬉戏，时常站在一个不容易被注视的地方分析着每一个人的一举一动。他们的个性、好恶、社会关系像一段一段信息被录入我的脑海，又在结论反复得到证实后变得无趣被我驱逐出意识的海洋。我并不仅仅观察人类，人类不过是这个世界微小的一部分，纵然他们总是用一些夸张又任性的举动主张自己对于世界的所有权，但正因渺小所以才像个得不到玩具的孩童般哭闹。而对那个人类妄图占有的对象的观察才是我最常做的，这个充满着未知的宏阔世界带给了诗人最多的乐趣。这些与生活乃至生存并无太多联系的小小的游戏几乎耗费了我所有的时间，也可以说这种忘我的观察就是诗人的生活本身。

但这种观察并不足以使诗人写下诗句，对于世界的爱才令诗人成为诗人。如果没有这种爱意，诗人从那幽暗的深渊或是无垠的宇宙中所窥探到的信息只会变成一种宝贵的藏品，被珍重地埋藏在自己的脑海里。爱使诗人渴望将发现的隐秘传递，一种纯真的无目的性的分享，像是孩童捧着自己的糖果四处分发，想令所有人的舌尖都能品尝甜蜜。有时这种纯粹的爱会转化为恨意，怨恨世界万物的不完美之处，抑或是对于自己仍未洞悉所有而感到烦躁，有时也是对于某些无法理解之物的恐惧。这些情感看似比爱意更为浓烈，其实不过是爱意的另一种形式，这种恨使爱更完整，它衍生于爱，与爱相悖，但也可与爱融合，诗人同时拥抱这两种情感，矛盾与共生使情感升华为诗意。因此无论是书写死亡、鲜血、尸骸还是别的什么东西，都是出于对于世界的情感，这些遭到放逐的恐怖之物本来也是世界的一部分，诗人选择拥抱它们正如拥抱生命与光辉——诗人总是愿意拥抱世界的全部。

如何维持在阴影中观察世界并用爱意记录世界的生活是所有的诗人最大的难题。所有的现实事物都尝试将诗人从阴影中拉出来，让他们与所有人一样站在光之下、人群之中。那光怪陆离的物质世界诱惑着诗人去体验，然后侵占他们的灵魂，使他们不再享受观察的乐趣而是只享受体验的乐趣。那觥筹交错的社交活动诱惑着诗人放弃自己，融入某个群体，使他们不再用那未受污染的目光观察一切，用最为纯净的立场去判断。要忘乎所以地拒绝一切的诱惑，坚定地站在那一片小小的黑暗之中，做着或许有意义又或许十足虚无的事，是那样的困难。我无数次在那光与影的交界线挣扎，思考着界限的意义，也曾质疑曾经坚信的一切。这块属于诗人的阴影，这个瞭望的塔台，无法靠诗人自己保护，任何的风雨都能将它摧毁。我的亲人、师长和朋友们为我围起了这块小小的净土，鼓励着我，使我坚定不移。在此感谢我的父母对我的支持，陈晓明老师与金永兵老师对我的帮助，以及我的朋友谭雪晴女士与许婷女士对我作品的喜爱。有了诸位的肯定与鼓励我才能继续作为诗人这样生活下去。

图书在版编目（CIP）数据

生命之侧 / 欧阳炽玉著. -- 武汉 ： 长江文艺出版社，2025.3. -- ISBN 978-7-5702-3755-5

Ⅰ. I227

中国国家版本馆 CIP 数据核字第 20247GD286 号

生命之侧

SHENG MING ZHI CE

责任编辑：谈　骁　　责任校对：程华清

封面设计：祁泽娟　　责任印制：邱　莉　胡丽平

出版：长江出版传媒 | 长江文艺出版社

地址：武汉市雄楚大街 268 号　　邮编：430070

发行：长江文艺出版社

http://www.cjlap.com

印刷：湖北新华印务有限公司

开本：880 毫米×1110 毫米　1/32　　印张：4.75

版次：2025 年 3 月第 1 版　　2025 年 3 月第 1 次印刷

行数：2680 行

定价：58.00 元